I0550792

LE SCHALL

OU

LE CACHEMIRE,

COMÉDIE EN DEUX ACTES,

IMITÉE DE L'ANGLOIS DE GARRICK;

Représentée sur le théâtre des Variétés - Étrangères ,
le 23 décembre 1806.

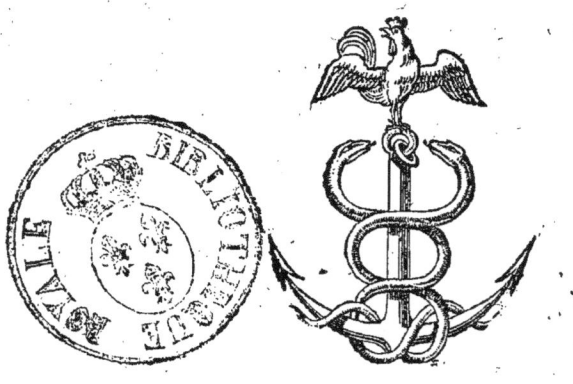

A PARIS,

CHEZ ANTOINE-AUGUSTIN RENOUARD,

RUE SAINT-ANDRÉ-DES-ARCS, n° 55.

M DCCC VII.

PERSONNAGES:

Lord SIDNEY.

M. VALSLEY son oncle.

DAVID , valet.

THOMSON , domestique.

Miss CLARA , \
Lady LAVAL , } amantes du lord.

Lady MARIE.

BETTY , sa femme-de-chambre.

FANNY , femme-de-chambre de CLARA.

JENNY , autre femme-de-chambre.

UN LAQUAIS.

La scène est à Londres.

Cette Pièce, et l'Epigramme, de Kotzebue, qui paroît en même temps, sont les premières d'une Collection des meilleures comédies des théâtres allemand, anglois, etc. arrangées pour la scène françoise, et qui auront été représentées avec succès sur le nouveau théâtre des Variétés Etrangères, établi à Paris, rue Saint-Martin.

Il en paroîtra environ trois par mois; toutes seront imprimées avec le même soin, sur même papier, et de même caractère; et la réunion de ces pièces formera une Collection très curieuse de ce que les théâtres des autres nations de l'Europe offrent de plus nouveau et de plus piquant. Sans doute nous n'aurons à présenter à nos lecteurs rien qui puisse être comparé à Molière, à Regnard; mais la nouveauté a bien aussi quelque mérite, et la comparaison devra s'établir, non pas avec les chefs-d'œuvre de ces hommes immortels, mais avec les pièces nouvelles que les auteurs modernes font paroître avec plus ou moins de succès sur les divers théâtres de la capitale. On reconnoîtra que, si dans les pièces de notre Recueil, l'exécution *sent parfois son étranger*, l'invention en est presque toujours très ingénieuse, et les détails fort amusants.

Les personnes qui desireront se procurer ces

Pièces au moment même de leur publication, et avec quelque avantage sur le prix, pourront souscrire pour cinquante feuilles d'impression, ce qui donnera environ douze comédies, plus ou moins longues; chacune leur sera expédiée, franche de port, par la poste, le jour même de la publication.

Le prix de cet abonnement sera de 15 fr. pour Paris et les départements, et 18 fr. pour l'étranger.

S'adresser à Paris, chez ANT.-AUG. RENOUARD, rue Saint-André-des-Arcs, n° 55.

LE SCHALL.

ACTE PREMIER.

Le théâtre représente un appartement.

SCÈNE PREMIÈRE.

MISS CLARA, FANNY.

MISS CLARA. (*elle travaille.*)

On a frappé, je crois.

FANNY, *près de la porte.*

Mademoiselle, c'est lady Marie.

MISS CLARA.

Eh bien! qu'elle vienne. J'aime autant supporter sa vanité ridicule, que de perdre mon temps à réfléchir sur la mienne..... Ah! bonjour, ma chère Lady. (*elle va au-devant d'elle.*)

LADY MARIE.

Ne vous dérangez pas, ma belle voisine, je vous prie. Restez, Fanny. J'entre tout exprès pour montrer à votre maîtresse quelque chose que vous pouvez voir aussi, si elle vous le permet.

MISS CLARA.

Reste, Fanny.

LADY MARIE *déployant un schall.*

Vous allez juger, ma chère amie, de la générosité de M. Valsley, mon futur époux. Un schall qui, d'après

l'estimation la plus modérée, vaut au moins 150 guinées;
il est certainement l'unique dans son genre. M. Valsley
vient de me le donner à l'instant : ce n'est que d'hier au
soir qu'il lui est arrivé des grandes Indes.

MISS CLARA.

En vérité ?

LADY MARIE.

Croiriez-vous que ce schall a été sur les mers pen-
dant sept mois, et qu'il a essuyé cette affreuse tempête
de l'automne dernier ?

MISS CLARA.

Et il en est réchappé ?

LADY MARIE.

Vous le voyez. Ah ! lorsque j'entendois parler de ces
naufrages affreux, et du nombre des victimes qui avoient
failli périr, j'étois bien loin de penser que j'avois un
cachemire qui couroit les mêmes dangers! Si j'en avois
eu la moindre idée, j'aurois été au désespoir. Mais con-
venez qu'il est superbe. On écrit à M. Valsley qu'il n'y
en a plus qu'un semblable à celui-ci dans toute l'Inde. Je
le porterai le jour de mon mariage.

MISS CLARA.

Vous ferez fort bien. Il est réellement magnifique.

LADY MARIE.

Mais qu'avez-vous, miss Clara? Vous avez l'air de le
louer par complaisance, ou de n'en pas connoître la
valeur. Et vous, Fanny, comment le trouvez-vous?

FANNY.

Admirable.

LADY MARIE.

Je le crois. Allons, ma chère miss Clara, ouvrez-moi
votre cœur. Depuis votre arrivée dans cette ville, vous
êtes changée d'une manière étonnante.

FANNY.

Madame ne veut pas dire, sans doute, que ma maîtresse a perdu quelque chose de sa beauté?

LADY MARIE.

Et quand cela seroit, Mademoiselle auroit tort de s'en affliger. A quoi sert la beauté? Elle n'a plus le moindre empire sur les gens comme il faut. Ils sont tellement dominés par l'amour de la nouveauté, que pour avoir le plaisir de changer, ils préfèrent aujourd'hui des femmes laides à de très jolies.

FANNY.

Ainsi Madame se flatte que les vieilles femmes deviendront bientôt à la mode?

LADY MARIE.

Comment! elles y sont depuis quelque temps. Allons, ma belle voisine, reprenez votre gaieté. Vous devez être de mes nôces. Ah! je brûle de quitter ce logement que vous avez eu la bonté de me céder, et d'habiter enfin dans ma propre maison. M. Valsley m'a dit qu'il vous inviteroit à rester un jour ou deux avec nous : il vous aime beaucoup ; il chérit la vertu dans notre sexe ; et malgré ses originalités, il feroit tout pour vous être agréable. La résistance que vous opposez aux prétentions de lord Sidney, son neveu, l'a infiniment intéressé en votre faveur. Allons, je vous quitte : je ne puis rester plus long-temps. M. Valsley s'impatiente. Je pense que son présent est tout à fait de votre goût?

MISS CLARA.

On ne peut davantage.

LADY MARIE.

Et du vôtre aussi, Fanny?

FANNY.

Moi, Madame, je le trouve charmant.

LADY MARIE.

Il est pourtant étonnant qu'il n'y en ait qu'un pareil dans les Indes.

MISS CLARA.

Vous nous l'avez dit.

LADY MARIE.

Adieu, Miss : croyez-moi, ne vous fiez ni sur votre jeunesse, ni sur votre beauté.... Ah! que je suis heureuse qu'il ait ainsi échappé à la tempête. (*elle sort.*)

SCÈNE II.

MISS CLARA., FANNY.

MISS CLARA.

AH! Fanny! le bavardage de cette femme m'a paru d'une grande vérité. Non, les hommes ne font plus de cas des jeunes personnes réservées. Ah! quelle fut mon imprudence d'en avoir cru si légèrement les habitants de notre petite ville! Ils me disoient que je serois adorée à Londres. D'après eux, la beauté y étoit rare, la vertu recherchée.

FANNY.

Oh! l'on voudroit trouver l'une sans l'autre.

MISS CLARA.

Cela n'est que trop vrai. Je n'ai pas plutôt fait connoître à Mylord la délicatesse de mes sentimens, qu'il a cessé tout à fait ses visites.

FANNY.

En effet, cela m'étonne. Je le croyois si vivement épris... et vous-même....

MISS CLARA.

Je ne me défends pas d'avoir éprouvé pour lui un certain intérêt.

FANNY.

Mais, enfin, Mademoiselle, vous êtes d'une famille à laquelle Mylord pouvoit s'allier sans rougir.

MISS CLARA.

Son éloignement n'en mérite que plus toute mon indignation. Ah! Fanny! il ne me reste que le chagrin et la honte de voir mes espérances trompées.

FANNY.

Il est vraiment extraordinaire qu'après vous avoir fait si long-temps une cour assidue, il passe tout à coup un mois entier sans vous voir.

MISS CLARA.

Soit dépit, soit amour, je voudrois le revoir, lui reprocher ses torts, ou les lui pardonner.

FANNY.

Et qui vous en empêche?

MISS CLARA.

Sa fausseté, son abandon.

FANNY.

Si vous lui écriviez, Mademoiselle?

MISS CLARA.

Moi, lui écrire?

FANNY.

Quelques lignes de vous rallumeroient peut-être sa passion. Avec quels transports il reçut votre première lettre! comme il la baisa! comme il m'embrassa moi-même!

MISS CLARA.

Si je pouvois lui écrire sans blesser la délicatesse, sur quelque affaire, par exemple, je m'y déciderois, pour sortir enfin de cette cruelle incertitude.

FANNY.

Eh bien ! Mademoiselle , si vous cherchiez quelque prétexte ?

MISS CLARA.

Il ne me paroît pas facile d'en trouver.

FANNY.

Si vous aviez quelque belle épingle de diamants, ou quelque autre chose semblable , vous pourriez les lui rendre.

MISS CLARA.

Comment ! les lui rendre ! que veux-tu dire ? es-tu folle ?

FANNY.

Ou bien les lui renvoyer , comme si vous les eussiez reçues d'une personne inconnue , et que vous figurant que de tels présents ne pouvoient venir que de lui , vous avez trouvé convenable de ne pas les accepter. Vous lui écririez alors une belle et longue lettre pleine de sentiments , en ajoutant que vous ne voudriez rien recevoir d'un homme qui n'auroît pas sur vous des vues légitimes ; enfin , quelque chose à-peu-près comme cela : je suis sûre que cette ruse réveilleroit son amour, en lui faisant craindre un rival.

MISS CLARA.

Et tu crois....

FANNY.

Que vous obtiendriez de sa vanité blessée , ce que semble vous refuser son amour.

MISS CLARA.

Ton projet me sourit assez.

FANNY.

Il faut le mettre à exécution , Mademoiselle.

MISS CLARA.

Comment le puis-je ? je n'ai rien d'assez précieux.

FANNY.

Vos bijoux....

MISS CLARA.

Ont si peu de valeur.

FANNY.

Attendez : il me vient une idée. Oui, la plus brillante idée....

MISS CLARA.

C'est....

FANNY.

Le cachemire de lady Marie est magnifique : il n'y en a pas de pareil à Londres. Il vaut 150 guinées...

MISS CLARA.

Je sais, de plus, qu'il ne m'appartient pas.

FANNY.

Oui ; mais on peut l'emprunter.

MISS CLARA.

A lady Marie ? Jamais je n'oserai lui dévoiler le motif d'une pareille action.

FANNY.

Il faut le lui emprunter sans qu'elle en sache rien.

MISS CLARA.

Je ne te comprends pas.

FANNY.

Ecoutez : Ce schall ne perdra rien de sa beauté pour rester quelques instants chez Mylord.

MISS CLARA.

Quoi ! tu voudrois le lui envoyer ?

FANNY.

Sans doute ; et d'autant plus qu'il croira, à la valeur du présent, qu'une personne de la plus haute importance est éprise de vous ; et la crainte de vous perdre le fera revenir plus amoureux que jamais.

MISS CLARA.

Il se pourroit ?

FANNY.

Lady Marie est absente ; je vais voir si elle ne l'a pas enfermé. (*elle sort en courant.*)

MISS CLARA.

Que penseroit-elle si elle venoit à savoir que sans son consentement.....

FANNY.

Mademoiselle , tout nous sert au gré de nos vœux : nous pouvons l'avoir.

MISS CLARA.

Je crains bien l'issue d'une pareille folie.

FANNY.

Lady Marie a étendu le schall sur le lit de la chambre bleue : elle est sortie pour toute la soirée ; elle couchera à la campagne chez lady Brawn; sa femme-de-chambre me l'a dit ce matin , et rien ne s'oppose plus.....

MISS CLARA.

Mais si Mylord alloit ne pas le rendre ?

FANNY.

Eh ! Mademoiselle, comment pouvez-vous avoir cette crainte ? Il saura bien qu'il ne vous l'a pas donné , et lui-même le rapportera sous une heure ou deux. J'en répondrois : je vais le chercher.

MISS CLARA.

Va. (*Fanny sort.*) Cet expédient mettra du moins un terme à mes inquiétudes , et c'est tout ce que je desire. Si dans cette circonstance je remarque de la froideur chez Mylord , je pars à l'instant : si, au contraire, son cœur répond à ma tendresse pour lui.....

FANNY, *portant le schall.*

Nous le tenons! nous le tenons! le voilà. Maintenant, Mademoiselle, venez dans votre cabinet ; écrivez une lettre bien touchante, tandis que je vais empaqueter ceci, et l'envoyer par James, qui est venu ce matin apporter des nouvelles.

MISS CLARA.

Tu le veux.... je vais écrire. Cependant je crains bien d'avoir à me repentir d'une telle légèreté, et que ce schall....

FANNY.

Eh! vraiment, il a couru bien d'autres dangers dans la grande tempête. Ne craignez rien ; je me charge de tout. (*elles sortent.*)

SCÈNE III.

(*Une chambre chez lord Sidney.*)

Mlle JENNY, THOMSON.

Mlle JENNY.

Tu es un fourbe, te dis-je : je suis certaine que mylord Sidney est ici.

THOMSON.

Je vous le répète, mademoiselle Jenny, il n'y a pas une demi-heure que Mylord est sorti.

Mlle JENNY.

Tu m'en imposes ; il ne se peut qu'il soit sorti si matin, à moins que ce ne soit pour aller chez lady Laval ; ou plutôt il est encore à la campagne de cette dame, je le parierois.

THOMSON.

Voilà les discours que lady Laval me tient aussi. Elle

ne cesse d'accuser Mylord d'être toujours avec votre maîtresse. Eh bien! moi, mademoiselle Jenny, je puis vous assurer qu'il a passé la nuit ici. (*on entend un grand coup de marteau.*)

Mlle JENNY.

En effet, j'ai entendu parler de la jalousie de lady Laval. Elle a certainement bien tort à l'égard de Miss, et le cœur de Mylord n'est pas d'un prix....

THOMSON.

Mademoiselle, j'entends la voix de M. Valsley, l'oncle de Mylord.... Tous deux viennent ici ; que faire ? C'est un vieillard acariâtre, qui brusque tous ceux qu'il ne trouve pas de son goût. Il a sur-tout une aversion déclarée pour votre maîtresse : s'il vous rencontre, il va faire un vacarme....

Mlle JENNY.

Je le sais : je connois le caractère de M. Valsley. Où puis-je me retirer ? Il n'est point d'expédient que je n'emploie, plutôt que de m'exposer à être vue de cet homme dur et grossier.

THOMSON.

Tenez, Mademoiselle, entrez dans la chambre de Mylord.

Mlle JENNY.

Dans sa chambre! Sans doute cet homme ne restera pas long-temps ?

THOMSON.

Pas cinq minutes, j'en suis certain.

(*Elle entre dans la chambre à coucher de Mylord, et Thomson sort.*)

SCÈNE IV.

M. VALSLEY, LORD SIDNEY.

M. VALSLEY.

Ne m'en parlez plus, Mylord, vous êtes un homme sans conduite ; vous prétendez excuser vos vices, en disant qu'ils sont à la mode ; mais, moi, qui ne veux pas être à la mode, je ne puis que les nommer ce qu'ils sont.

LORD SIDNEY.

Quels vices avez-vous à me reprocher ?

M. VALSLEY.

Quels vices ! D'abord vous vous amourachez de toutes les figures que vous voyez, et cela, tout en admirant beaucoup trop la vôtre. Votre bourse, ouverte aux joueurs et aux coquettes, ne se ferme que pour les vrais indigents. Votre maison est le rendez-vous de toutes les lady du haut ton.

LORD SIDNEY.

Comment êtes-vous informé de tout cela ?

M. VALSLEY.

C'est le bruit général. Sans une entière conviction de ces vérités, me serois-je jamais décidé à la démarche extravagante que j'ai faite ? La certitude où je suis que vous êtes indigne d'être mon héritier, m'a fait prendre la résolution désespérée de me marier, et cela malgré mon aversion naturelle pour toute contrainte.

LORD SIDNEY.

J'espère, Monsieur, que lorsque vous serez époux, cette aversion changera.

M. VALSLEY.

Vous espérez ? Eh bien ! vous avez tort : je connois

ce que c'est que le mariage ; c'est une mer orageuse sur laquelle on ne doit s'attendre qu'à des coups de vent et des naufrages.

LORD SIDNEY.

Si vous avez cette opinion de l'hymen, il me sembleroit plus prudent d'y renoncer.

M. VALSLEY.

Il est trop tard. J'ai donné ma parole; votre inconduite m'avoit mis tellement en fureur, que, dans la violence de ma colère, j'ai proposé à une dame de l'épouser : elle m'a pris au mot, avant que j'aie eu le temps de me reconnoître et de me rétracter.

LORD SIDNEY.

Quoi ! d'honneur ?

M. VALSLEY.

Hélas ! je ne m'attendois pas à un consentement aussi prompt de sa part ; mais, je le répète, vos extravagances m'avoient tellement mis hors de moi, que je ne me souviens pas d'avoir été aussi furieux de ma vie. J'allois, je venois, je frappois du pied. Oui, je me marierai, m'écriois-je ! Je donnerai tout mon bien ! Cette femme a regardé ces éclats comme l'effet de ma passion pour elle, et ma ruine a été complète en moins de dix minutes.

LORD SIDNEY.

Si j'avois été alors près de vous....

M. VALSLEY.

Près de moi ? Je ne sais pas ce que je vous aurois fait ; mais n'ayant d'autre moyen d'exhaler ma fureur, je m'approchai de cette dame, et l'embrassai avec transport. Jamais, sans ce violent accès de colère, je n'aurois fait une telle folie ; car c'est une femme entre deux âges, qui n'est ni trop belle, ni trop aimable.

LORD SIDNEY.

Un engagement contracté dans un moment de vivacité, n'est pas une obligation à remplir comme....

M. VALSLEY.

Vous ne savez ce que vous dites. Ma parole, Monsieur, ma parole m'est aussi sacrée que mon honneur. Je ne puis sauver l'un sans tenir l'autre, et il faudra, qu'à mon corps défendant, je me marie dès demain.

LORD SIDNEY.

Maintenant que vous êtes de sang-froid ?

M. VALSLEY.

Je suis de sang-froid, mais cette dame ne l'est pas ; et il faut que je tienne ma promesse.

LORD SIDNEY.

Et vous avez fait tout cela pour vous venger de moi qui n'ai rien à me reprocher. Oui, je suis l'innocente victime des bruits semés par la malice de mes ennemis.

M. VALSLEY.

Vos ennemis ! bon ! c'est toujours là votre excuse. N'ai-je pas aussi les miens ? et cependant jamais vous n'avez entendu dire que j'aie été séduire la femme de mon voisin, ou qu'on m'ait trouvé en tête-à-tête avec une jeune personne.

LORD SIDNEY.

Je ne puis dire, en effet....

M. VALSLEY.

Ne vous rencontre-t-on pas par-tout où se trouvent des lady Laval ? Et dernièrement encore, ne me fites-vous pas refuser votre porte, tandis que cette femme....

LORD SIDNEY.

Cette fois, malheureusement, les apparences étoient contre moi ; les apparences seules, je vous jure. Il est de

ces accidens que toute la sagesse humaine ne peut ni
prévoir ni empêcher. Je sortois pour aller au spectacle,
et ne voulois recevoir personne ; au moment que je faisois
défendre ma porte, Lady montoit pour me prendre ;
mais elle ne met plus le pied chez moi, je vous jure. Il
suffit qu'elle vous déplaise....

M. VALSLEY.

Bon ! bon ! Etoit-ce aussi, je vous prie, l'effet d'un
accident, lorsque je vous surpris embrassant la fille de
ma femme-de-charge ?

LORD SIDNEY.

Ah ! celui-là ! l'effet d'un pur accident, sur ma
parole. Ainsi que vous je suis d'un caractère très violent.
Mon domestique venoit de me perdre un épagneul
favori. Si j'eusse rencontré ce maraud, je l'aurois sévè-
rement châtié. Cette petite s'est trouvée sur mon che-
min ; et sans savoir ce que je faisois, dans ma fureur...

M. VALSLEY.

Vous l'avez embrassée. C'est un accident assez heureux.

(Un domestique entre.)

LE DOMESTIQUE.

Lady Laval sachant que Mylord est chez lui, demande
à entrer.

LORD SIDNEY.

Lady Laval ! Quel contretemps !

M. VALSLEY.

Eh bien ! mon neveu ! vous ne deviez plus recevoir
cette femme. C'est encore un accident dont vous allez
profiter, sans doute.... Si je n'étois pas ici....

LORD SIDNEY, *à part au domestique.*

Le butor !

LE DOMESTIQUE.

Je n'avois pas vu monsieur votre oncle. (*il sort un peu effrayé.*)

M. VALSLEY.

Comment cette femme ose-t-elle venir chez vous? Son nom seul me glace le sang. C'est elle qui a été la cause de l'engagement malheureux que j'ai contracté : c'est par suite de votre intrigue avec elle que j'ai pris la funeste résolution de me marier. Ainsi, laissez-moi sortir. Sa vue seule est un supplice pour moi : elle le sait bien ; laissez-moi sortir. (*il va vers la porte.*) Mais la voici. Je ne veux pas la voir. Où fuir ? où me cacher ?

LORD SIDNEY.

Entrez dans ma chambre : je conduirai cette dame dans un autre appartement, et vous pourrez l'éviter.

M. VALSLEY.

Je vous punirai du sot rôle que vous me faites jouer. Vous ne serez pas mon héritier. (*il entre.*)

SCÈNE V.

THOMSON, LORD SIDNEY.

THOMSON.

Où est monsieur Valsley, Mylord ?

LORD SIDNEY.

Dans ma chambre. Que lui voulez-vous ?

THOMSON.

Dans votre chambre ? Ah ! Mylord ! mademoiselle Jenny y est aussi. Vous entendant monter avec M. Valsley, elle ne savoit comment faire pour l'éviter, et je l'ai déterminée à entrer chez vous.

LORD SIDNEY.

Corbleu ! Mais n'importe ! il n'y a plus de remède. (*il écoute.*) Je ne l'entends pas…. Sans doute il ne l'a pas vue. Elle se sera cachée ; car elle aimeroit autant rencontrer un tigre. Où est lady Laval ?

THOMSON.

Villiam s'efforce de l'empêcher de monter ; elle prétend que ce n'est pas avec monsieur votre oncle que vous êtes ici, et elle veut vous voir. (*il sort.*)

LORD SIDNEY.

Retire-toi, malheureux !

SCÈNE VI.

LADY LAVAL, LORD SIDNEY.

LADY LAVAL.

POURQUOI donc Mylord ne veut-il pas me recevoir ? Il n'est pas en compagnie. Y auroit-il ici du mystère ?

LORD SIDNEY, *voulant l'entraîner de l'autre côté du théâtre.*

Par ici. Venez par ici. Je vous dirai que….

LADY LAVAL.

Point de ruses. Mylord ; je suis certaine que quelqu'un est caché dans votre chambre, et je veux savoir qui c'est.

LORD SIDNEY.

Je vous assure que c'est mon oncle. Chut, venez par ici.

LADY LAVAL *voulant le conduire dans la chambre.*

Non, Mylord, non, je ne puis vous croire, et je veux entrer.

LORD SIDNEY.

Je vous en supplie.

LADY LAVAL.

Je n'écoute rien ; je veux entrer.

SCÈNE VII.

(*La chambre à coucher de lord Sidney.*)

LADY LAVAL, M. VALSLEY.

M. VALSLEY, *écoutant à la porte.*

Si je pouvois m'échapper ! Ah ! la maudite femme !

LADY LAVAL, *en dehors.*

Je verrai qui est là-dedans. Il faut que ma curiosité
soit satisfaite.

M. VALSLEY.

Il n'y a ni cabinet, ni armoire. (*il veut entrer dans
un cabinet.*) Que le diable l'emporte ! il est fermé.

LADY LAVAL, *en dehors.*

Je vous assure que j'entrerai malgré vous.

M. VALSLEY.

Tu ne me verras parbleu pas. Où me cacher ? sous le
lit ? je ne puis me baisser. Sous la courtepointe ? rien
de plus aisé. Madame en aura parbleu le démenti. (*il
se met dans le lit, et se couvre par-dessus la tête.*) A
présent, trouve-moi, si tu peux.

SCÈNE VIII.

Les précédents, LADY LAVAL, LORD SIDNEY.

LADY LAVAL.

Comment ! il n'y a personne ici ?

LORD SIDNEY.

J'espère que vous voilà satisfaite. (*à part.*) Où diable
s'est donc fourré mon oncle ?

LADY LAVAL.

Ne m'ayez-vous pas dit que votre oncle étoit ici ?

LORD SIDNEY.

Oui ; mais ce n'est pas lui que vous espériez y rencontrer.

LADY LAVAL.

Il doit y avoir quelque autre personne, et je vais m'en convaincre. (*elle va aux rideaux, et découvre mademoiselle Jenny, qui étoit enveloppée dedans.*) Jenny ! Ah ! perfide ! Vous prétendiez donc m'abuser?

LORD SIDNEY.

Milady, croyez.... Mon oncle !

LADY LAVAL.

Comment, le misanthrope M. Valsley avec Jenny !

M. VALSLEY.

Mon neveu ; jamais on ne m'a trouvé en tête-à-tête avec une femme ; et cet accident....

LADY LAVAL.

Oui ; c'est en effet un accident très étrange ! Comment ! le sage, l'austère M. Valsley !....

LORD SIDNEY.

Une telle scène dans ma maison ! ah ! mon oncle !

LADY LAVAL, *riant aux éclats.*

Ah ! ah ! ah !

M. VALSLEY, *la contrefaisant.*

Ah ! ah ! ah ! Que le diable vous emporte avec vos ah !

LORD SIDNEY.

Vraiment, mon oncle ; quelque peu d'importance que vous puissiez attacher à cette affaire, je ne dois pas vous dissimuler que j'en suis vivement affecté : il ne s'agit de rien moins que de ma réputation et de la vôtre

ma maison devenir le théâtre d'un pareil événement! Je
donnerois tout au monde pour qu'il ne s'y fût rien passé
de pareil.

M. VALSLEY.

Et que s'est-il donc passé, s'il vous plaît ? Parlez,
Jenny.

*LADY LAVAL, *à lord Sidney.*

J'ai mille excuses à vous faire de mes soupçons sur
cette fille.

Mlle JENNY.

Je pleure de colère. Comment me justifier ?

LADY LAVAL.

Voyez cette demoiselle en pleurs, M. Valsley. (*à
part.*) Quelle excellente occasion de le tourmenter ! J'en
profite.

LORD SIDNEY.

Par égard pour mon oncle, j'exige que l'on pro-
mette d'étouffer cette affaire : quant à moi, je m'engage
à n'en pas dire un mot, et j'ose croire que lady Laval
ne se refusera pas au même silence.

LADY LAVAL.

Non, non ; je ne m'engage à rien. M. Valsley n'a
point épargné ma réputation ; pourquoi épargnerois-je
la sienne ?

M. VALSLEY.

En vérité, mon neveu. Sur mon ame! Que je
meure.... (*à mademoiselle Jenny.*) Au moins, ayez
la bonté, mademoiselle Jenny, d'expliquer par quel
malheur vous vous trouvez avec moi dans cette chambre?

Mlle JENNY, *pleurant encore de colère.*

Je l'expliquerois, si je n'avois pas la crainte de com-
promettre ici, dans ma maîtresse, une femme que vous
devriez respecter.

LORD SIDNEY.

Ah! Jenny! prends et tais-toi. (*lui donnant de l'argent.*)

JENNY.

J'accepte, et je me sauve.

LADY LAVAL.

Quoique vous ne soyez pas de mes amis, permettez-moi de vous donner un conseil : puisque vous êtes sur le point de prendre une épouse, plus de ces folies, qui ne s'excusent point à votre âge ; elles troubleroient la paix de l'honorable état de mariage, dans lequel vous allez entrer.

M. VALSLEY.

L'honorable état !.... Morbleu ! c'en est trop.

LORD SIDNEY.

Mon oncle !

M. VALSLEY.

Taisez-vous, Monsieur. Sans cette folle, vous n'auriez pas hésité à avouer que Jenny étoit ici pour vous. Mais cette lady Laval est un mauvais génie qui me suit partout. Oh ! si je puis me venger d'elle, seulement une fois..... Je n'en désespère pas. Adieu, Monsieur. Ah ça ! rancune tenante, je compte sur vous pour ma noce, ne fût-ce que pour vous prouver que je vous déshérite.

LORD SIDNEY.

Certainement. Et quand arrivera ce jour fortuné ?

M. VALSLEY.

Dites plutôt ce jour maudit !

LORD SIDNEY.

Enfin, quel jour ? mon cher oncle, quel jour ?

M. VALSLEY, *soupirant.*

Jeudi.... après-demain.... le 21 décembre (*encore un soupir*), le jour le plus court, et la nuit la plus longue de l'année. (*il sort.*)

SCÈNE IX.

LORD SIDNEY, UN DOMESTIQUE.

LE DOMESTIQUE.

IL y a à peu près une demi-heure que l'on a laissé ce paquet ici, pour être remis à Mylord aussi-tôt qu'il seroit seul.

LORD SIDNEY.

Un paquet ! Cela suffit. Retire-toi.

Ah ! ah ! une lettre. (*il lit.*) « Quoique vous ayez eu « la délicatesse de ne pas vous nommer, vos assiduités « auprès de moi me disent assez que c'est de vous que « me vient ce présent magnifique, que l'honneur m'oblige « à vous renvoyer. Cependant, cette marque d'attention « de votre part me flatte ; je crois y trouver l'assurance « que vous vous occupez quelquefois de la trop crédule « et trop sensible « CLARA ».

Clara !..... Je ne me rappelle pas.... Non ; je ne me souviens pas.... Voyons toujours ce que ce peut être. (*il ouvre.*) Ah! ah! Mais c'est de toute beauté ! J'avois bien chargé mon valet-de-chambre de lui porter, ainsi que l'usage l'autorise, quelques' présents de ma part ; mais celui-ci me paroît passer le prix que j'aurois voulu y mettre. Où diable avoit-il donc la tête, de donner un semblable schall à cette jeune personne ? et à quoi pense-t-elle de me le rendre ? Ah ! sans doute parce qu'elle croit que je renonce au projet de l'épouser. Ma foi, elle a bien fait. Voilà précisément ce qu'il me faut pour calmer lady Laval : elle est coquette, et sa colère ne tiendra pas contre un si joli cadeau. Ecrivons-lui. La conduite qu'elle a tenue devant mon oncle ne me rassure pas, et il faut, en paroissant m'occuper d'elle, lui ôter tout soupçon : Holà ! (*un domestique paroît.*) Pliez ce paquet, et portez-le à l'instant chez lady Laval.

LE DOMESTIQUE.

Oui, Mylord.

LORD SIDNEY.

Il est revenu bien à propos. Lady Laval est folle de toutes les modes ; et un cachemire aussi beau doit nous réconcilier avant la fin du jour.

FIN DU PREMIER ACTE.

ACTE SECOND.

(L'appartement de Clara.)

SCÈNE PREMIÈRE.

MISS CLARA, FANNY.

FANNY.

Décidez-vous, Mademoiselle, à faire une autre toilette. Mylord ayant gardé le schall si long-temps, va sans doute le rapporter lui-même.

MISS CLARA.

' Il est bien question de toilette ! Je commence à être fort en peine. James s'est-il bien assuré que Mylord fût chez lui, avant de laisser le paquet?

FANNY.

Il s'en est assuré, Mademoiselle, et bientôt nous allons le voir arriver : Mylord auroit certainement renvoyé le paquet depuis long-temps, s'il n'avoit eu l'intention de le rapporter lui-même.... Ecoutez.... Non.... Ce n'est pas sa manière de frapper. Peut-être le renvoie-t-il par un valet ?

MISS CLARA.

Qu'importe, pourvu que ce malheureux schall soit rendu ; car je commence vraiment à craindre. (*Fanny regarde à la fenêtre.*) Est-ce lui?

FANNY.

Non, Mademoiselle, pas encore.

MISS CLARA.

Heureusement lady Marie couche à la campagne ; mais si demain nous n'apprenons rien de nouveau, vous irez le chercher ; et sitôt que Mylord rentrera....

FANNY.

Ce qu'il y a de pire., c'est que je ne suis pas certaine que Milady couche à la campagne.

MISS CLARA,

Vous me l'avez dit, cependant.

FANNY.

Je l'ai dit pour vous déterminer. Je savois que si je ne vous l'assurois pas, vous ne consentiriez jamais à envoyer le schall chez Mylord.

MISS CLARA.

Imprudente! Et moi plus imprudente encore, de vous avoir écoutée!

FANNY,

Ne vous inquiétez donc pas, Mademoiselle. *(un coup de marteau.)* Voilà Mylord! C'est sa manière de frapper; je la reconnois.... Oh! c'est lui!... c'est lui!... Je le distinguerois entre mille. *(elle va vers la porte.)* Ciel! c'est lady Marie!

MISS CLARA,

Grand Dieu!

FANNY,

La première chose qu'elle fera, sera de chercher....

MISS CLARA.

Courez, prenez une voiture, et volez chez Mylord... Dites-lui que j'ai fait une méprise; que j'ai découvert de qui venoit le présent, et que l'honneur exige que je le rende sur-le-champ. Mais allez donc, Fanny; allez donc.

FANNY.

Calmez-vous, Mademoiselle; je ferai tout ce qui dépendra de moi.

SCÈNE II.

Les précédents, LADY MARIE,

LADY MARIE, *à Fanny.*

POURQUOI donc courez-vous si vîte, Fanny ?

FANNY.

Pour revenir plutôt, Madame. (*elle sort.*)

LADY MARIE.

Ah ! je n'en puis plus, ma chère Clara! Je suis allée faire des emplettes. (*elle s'assied.*) C'est une chose bien coûteuse que de se marier ! Heureusement cela n'arrive guère qu'une fois dans la vie. Je serois pourtant restée fille, sans M. Valsley ! Il devient vraiment de plus en plus honnête. Il m'a conduite chez un bijoutier, et m'a comblée de présents. Voyez.

MISS CLARA,

Quelle profusion !

LADY MARIE,

Oui ; mais, ma chère, qu'est-ce que tout cela, en comparaison du schall ? C'est bien le cadeau le plus noble, le plus distingué. En voilà le généreux auteur lui-même !

SCÈNE III.

Les précédents, M. VALSLEY.

M. VALSLEY.

JE vous salue, Mesdames ; pardon si je ne vous ai pas vues depuis quelque temps : mille contrariétés ont toujours dérangé mes projets.

LADY MARIE,

Il vous dit vrai,

M. VALSLEY.

Milady a-t-elle montré à miss Clara quelques-unes de ses emplettes ?

LADY MARIE.

Oui, et elle est charmée de votre goût.

M. VALSLEY.

Vous avez vu le schall, Mademoiselle ?

MISS CLARA.

Oui, Monsieur.

LADY MARIE.

Oui, oui ; je vous ai dit combien Mademoiselle en étoit enchantée. Cette pauvre Fanny aussi ne se lassoit point de l'admirer.

M. VALSLEY.

En effet, c'est quelque chose de vraiment curieux.

LADY MARIE.

Je vais le chercher.

MISS CLARA, *la retenant.*

Non ; ne.... ne vous dérangez pas, Madame.

LADY MARIE.

Vous ne vous souciez pas de le revoir ?

MISS CLARA.

Pardonnez-moi ; mais....

M. VALSLEY.

Vous le rappelez-vous bien ?

MISS CLARA.

Oui, Monsieur, très bien ; et je me le rappellerai long-temps.

M. VALSLEY.

En ce cas, Milady, restez.

LADY MARIE.

M. Valsley, le thé est prêt ; miss Clara viendra le prendre avec nous, n'est-ce pas ?

M. VALSLEY.

Si Madame le permet, j'irai auparavant chez un ami ici près : je serai de retour dans l'instant.

LADY MARIE.

Nous vous attendrons. Venez, miss Clara.

MISS CLARA.

Je vous rejoindrai.

M. VALSLEY, *en soupirant, à lady Marie.*

Madame veut-elle bien m'accorder l'honneur de lui donner la main ?

LADY MARIE *fait une révérence et sourit.*

L'honneur est pour moi.

M. VALSLEY (*à part*).

Et pour moi l'embarras. (*haut.*) Enchanté, Madame.

LADY MARIE.

Trop heureuse, Monsieur. (*ils sortent.*)

SCÈNE IV.

MISS CLARA ; ensuite FANNY.

MISS CLARA.

LEUR politesse me met à la torture. Que je suis impatiente de voir revenir Fanny ! La voici. Que va-t-elle m'apprendre ?

FANNY, *courant et fort triste.*

Mademoiselle, j'ai rencontré Mylord dans la rue, environné d'une foule de gens de qualité. Ah! Mademoiselle, nous sommes perdues. (*elle pleure.*)

MISS CLARA.

Comment.! Pourquoi ? Ne me tenez pas dans cette cruelle incertitude.

FANNY.

Eh bien! Mademoiselle, j'ai pris Mylord en particulier; croiriez-vous qu'il a eu le front de me dire qu'il croyoit, en effet, se rappeler vous avoir donné ce cachemire, et qu'il vous remercioit beaucoup de le lui avoir rendu, puisqu'il n'étoit plus de votre goût.

MISS CLARA.

Ah ! ciel !

FANNY.

Quand il m'a vue pleurer, il m'a offert.... Combien pensez-vous qu'il m'ait offert ?

MISS CLARA.

Eh ! que m'importe ! Taisez-vous.

FANNY.

Cinq guinées ! Mademoiselle, cinq guinées ! Il m'a dit qu'il n'avoit pas davantage sur lui, et que c'étoit pour me dédommager de la perte d'un schall que vous auriez dû me donner, puisqu'il voyoit bien qu'il n'avoit plus le bonheur de vous plaire. (elle montre l'argent.)

MISS CLARA.

Comment avez-vous eu l'imprudence.....

FANNY.

Ma foi, Mademoiselle, j'étois si troublée.

MISS CLARA.

Ah ! ciel !. Il faut que j'aille à l'instant chez lady Marie. Elle m'attend pour prendre le thé avec elle ; que pourrai-je lui dire ?

FANNY.

Comment jamais regarder Milady en face?

MISS CLARA.

Quelle situation ! Non , jamais je n'avouerai le motif ridicule....

FANNY, *écoutant.*

Ah ! pour le coup , Mademoiselle, c'en est fait..... Je l'entends dans sa chambre. Elle va s'appercevoir que son schall n'y est plus.

MISS CLARA.

Restez avec moi , Fanny , ou je ne pourrois y tenir.

FANNY.

N'ayez donc pas l'air si effrayée, Mademoiselle ; vous serez cause que je m'en trouverai mal : je connois M. Valsley ; c'est un homme dur , qui ne balanceroit pas à me faire arrêter s'il savoit que c'est moi.... et cependant nous n'avons que les apparences contre nous... Ah ! mon Dieu ! que je suis malheureuse !

MISS CLARA.

Contenez-vous donc davantage.

FANNY.

Oui , oui, Mademoiselle ; il faut montrer du courage, ou bien on nous soupçonnera. Allons, ferme , Mademoiselle ; ferme ; il faut mentir.

SCÈNE V.

Les précédents, LADY MARIE.

LADY MARIE.

MA chère Clara ! ma chère Fanny ! Je suis hors de moi. Vous savez , je ne le trouve plus.

MISS CLARA, *embarrassée.*

Je ne pense pas qu'il puisse être perdu.

FANNY.

Perdu ! Quoi ?

LADY MARIE.

Mon cachemire !

FANNY.

Comment cela se pourroit-il ? Nous n'avons pas de voleurs dans cette maison : j'en suis sûre. (*à miss Clara.*) Ce n'est pas nous qui l'avons pris certainement ; ce ne peut être James non plus : car qu'est-ce qu'un pauvre domestique feroit d'un schall ?

MISS CLARA.

Paix, Fanny ?

LADY MARIE.

Je ne soupçonne personne ; le ciel m'en garde ! mais il n'en est pas moins disparu.

FANNY.

C'est bien dommage, en vérité ! Lady est-elle sûre que ce schall étoit sur son lit ?

LADY MARIE.

Oh ! très certaine.

FANNY.

Comment étoit-il plié, Milady ? étoit-ce en long ou en large ?

MISS CLARA.

Vous êtes-vous informée aux domestiques ?

LADY MARIE.

A tout le monde : d'ailleurs, personne ne vient dans mon appartement, excepté ma femme-de-chambre, et elle est sortie.

FANNY.

Elle l'aura surement serré.

LADY MARIE.

Si elle ne l'a pas vu, je ne sais ce que je ferai. Oh !
j'en deviendrai folle, je crois. (*elle s'assied.*)

MISS CLARA, *à part.*

Je vais tout découvrir.

FANNY, *à part, à miss Clara.*

Un instant, Mademoiselle; encore un instant. Mylord
se repentira peut-être. (*Betty entre.*)

LADY MARIE.

Ah ! venez, Betty ; répondez - moi. Avez - vous
touché à mon schall ?

BETTY.

Non, Milady : vous savez que je ne touche jamais à
rien sans votre permission.

LADY MARIE.

Je vous l'avois bien dit ! Avez-vous laissé entrer quelqu'un dans mon appartement ?

BETTY.

Non, Milady : mais j'ai vu Fanny en sortir ce matin.

FANNY, *pleurant.*

Ah ! ah ! ah !

BETTY.

Oui, vraiment, je vous ai vue.

FANNY.

Oh ! ciel ! ciel ! ciel !

LADY MARIE.

Pourquoi pleurez-vous, Fanny ? Si vous l'avez pris,
avouez-le, et je vous pardonne.

FANNY.

Moi ! Ce n'est pas cela, Madame, qui me fait pleurer ;

mais c'est que je suis sûre que je ne vivrai pas long-
temps ; car si elle a cru me voir sortir de la chambre de
Milady, c'étoit surement un fantôme qui me ressem-
bloit ; et l'on m'a toujours dit, quand j'étois jeune, que
toutes celles dont on voit les fantômes marcher, ne
vivent pas long-temps.

LADY MARIE.

Enfin, en savez-vous quelque chose ?

FANNY.

Pas plus que vous, Madame. (*Betty sort.*)

LADY MARIE.

Il est donc perdu ! eh bien ! tant pis pour M. Valsley ;
c'est une nouvelle bien dure à lui annoncer, et qui
l'affectera vivement. Mais si j'ai perdu ce schall, c'est
un malheur qui m'en présage de bien plus grands ; et je
ne me marierai certainement pas sous des auspices aussi
funestes : je serois malheureuse toute ma vie. Non, déci-
dément, si je l'ai perdu, je ne veux plus me marier.

SCÈNE VI.

Les précédents, M. VALSLEY.

M. VALSLEY.

MESDAMES, je viens vous dire.... Que vois-je ? ma
digne future....

LADY MARIE.

Laissez-moi, Monsieur.

M. VALSLEY.

Vous laisser ! Au contraire ; il faut se marier.

LADY MARIE.

Ne me tourmentez pas, Monsieur : c'est en vain que
vous voudriez raisonner avec moi ; ma résolution est

prise. Après le malheur qui m'arrive, et la fatalité de mon étoile, je ne veux plus vous épouser ; il y auroit trop de dangers pour vous et pour moi.

M. VALSLEY.

Ai-je bien entendu ? Mes oreilles ne m'ont-elles pas trompé ? Vous ne voulez plus m'épouser ?

LADY MARIE.

Non, Monsieur.

M. VALSLEY.

Les cloches n'en sonneront pas moins. Les convives n'en seront pas moins invités : je leur donnerai un excellent dîner, et beaucoup meilleur même que je ne me le proposois.

LADY MARIE.

Monsieur !

M. VALSLEY.

Ma foi, voilà un accident qui me dédommagera de celui de ce matin chez lord Sidney, mon neveu.

LADY MARIE.

L'entendez-vous ? Quel caractère grossier ?

MISS CLARA.

Monsieur, Madame plaisantoit.

M. VALSLEY.

C'est bien la meilleure plaisanterie dont j'aie jamais entendu parler. Je ne lui ai demandé qu'une fois de m'épouser, et c'étoit bien pardonnable ; car j'étois dans un terrible emportement ! C'étoit la suite d'un accès de fureur.... J'avois perdu la tête ; je ne le lui ai demandé qu'une fois....

LADY MARIE.

Eh bien ! n'avoue-t-il pas son emportement, sa passion?

5

M. VALSLEY.

Ma passion, oui ; mais vous n'en étiez pas l'objet ; et cependant vous m'avez pris au mot : maintenant, je vous y prends de même, et tout est fini entre nous.

LADY MARIE.

Cet homme est un sauvage ! Je parierois que c'est lui qui a repris le schall, pour faire manquer le mariage.

M. VALSLEY.

Quel schall ?

FANNY.

Celui que vous aviez donné à Madame. Quelque abominable fripon s'en est emparé.

LADY MARIE.

Oui, Monsieur, il est perdu ! il est perdu, vous dis-je !

M. VALSLEY.

Perdu ! Cela est malheureux. Mais où diable est-il ? Qui est entré dans la maison ?

MISS CLARA et LADY MARIE.

Pas une ame.

FANNY.

Il est des animaux rongeurs qui font beaucoup de dégât dans cette maison depuis quelque temps. Hier au soir j'en vis un qui emportoit...

M. VALSLEY.

Oh ! je trouverai l'animal qui l'a pris. Je vais à l'instant même.... Vous êtes certaine, dites-vous, qu'il n'est entré personne ici aujourd'hui ? J'ai pourtant rencontré ce matin un valet sur l'escalier.

FANNY.

Je suis certaine que ce n'est pas lui qui l'a pris.

M. VALSLEY.

Il faut pourtant que ce soit lui ou vous.

FANNY, *à part*.

Que faire ? Lord Sidney peut nier.

M. VALSLEY.

Je vais m'occuper de faire faire des recherches, et sur-le-champ. Madame a déjà éprouvé une assez grande perte en me perdant. Il seroit trop dur qu'elle en éprouvât une autre ! Une bagatelle devient pourtant pour moi de la plus haute importance : et ce schall n'a échappé à une tempête sur mer, que pour me sauver sur terre d'un naufrage mille fois plus affreux. (*en sortant.*) C'est fort heureux, très heureux !

SCÈNE VII.

Les précédents, excepté M. VALSLEY.

LADY MARIE.

Vous l'entendez ? M'abandonner ainsi ! moi, la douceur même.

MISS CLARA.

Vous avez bien raison, et je suis aussi embarrassée que vous. Je vais voir à prendre de nouveaux renseignements.

BETTY *entre vîte.*

Mylady, M. Valsley, en sortant, m'a ordonné de remarquer si j'appercevrois ce valet arrivé ce matin, et qu'il soupçonne. Ce valet vient de rentrer par la porte du jardin. Je suis accourue en avertir Madame.

LADY MARIE.

Je suis bien fâchée que M. Valsley soit sorti.

BETTY.

Irai-je chercher le commissaire, Madame?

LADY MARIE.

Non ; nous prendrons d'abord la voie de la douceur. Fanny, puisque vous connoissez ce domestique, allez le chercher. Je vais l'interroger.

FANNY.

Mylady, c'est un pauvre ignorant qui ne sait pas s'expliquer. Vous ne l'entendrez, ni ne pourrez vous en faire entendre.

LADY MARIE.

Cette ignorance n'est peut-être qu'un masque qu'il prend à dessein. Faites-le entrer.

FANNY, *en sortant.*

Que lui dire ? Et comment faire ?

LADY MARIE.

Si je pouvois m'assurer du cœur de M. Valsley, je m'embarrasserois fort peu que tous les voleurs de Londres fussent mis en liberté. Voilà ce valet. Il a bien mauvaise mine ! Eloignons-nous un instant.

SCÈNE VIII.

Les précédents, DAVID, FANNY.

FANNY, *à David.*

LADY Marie est une amie intime de ma maîtresse : elle desire vous faire quelques questions : c'est..... une femme très originale,..... Elle a dîné en ville... Et quand cela lui arrive (*elle fait le geste de boire*), alors elle est d'une humeur....

DAVID.

Ah ! c'est tout comme ma femme !

FANNY.

Elle vous fera mille questions ridicules ; mais n'y faites pas attention : dites seulement *oui* et *non* ; voilà tout.

DAVID.

Cela n'est pas difficile. Ah ! encore un mot. A-t-elle le vin querelleur ?

FANNY.

Non ; tendre, au contraire.

DAVID.

C'est tout comme ma femme.

LADY MARIE *descend.*

Ainsi, mon cher David... Que lui dirai-je ?... Vous vous appelez David, je pense ?

DAVID.

Oui, Madame, Dieu merci.

LADY MARIE.

Eh bien ! Comment trouvez-vous Londres ?

DAVID.

Très beau, Madame. Vous êtes trop bonne ! Et vous, Madame, je vous prie, comment le trouvez-vous ?

LADY MARIE, *à part.*

Cette bêtise est simulée. (*haut.*) Avez-vous quelque connoissance en ville, M. David ?

DAVID.

Aucune, excepté miss Clara, qui ne m'a pas encore

donné pour boire ; et Madame sent combien cela est
cruel , quand on a soif.

LADY MARIE.

Sans doute. Eh bien ! mon ami. (*à part.*) Il vaut
mieux employer la douceur. (*haut.*) Tenez ; voilà pour
vous rafraîchir. (*elle lui donne de l'argent.*)

DAVID.

J'ai l'honneur de vous remercier , Madame. (*à part.*)
On a bien raison de dire qu'il n'y a que les bons buveurs
qui soient généreux.

LADY MARIE, *à part.*

Je ne sais comment m'y prendre pour accuser cet
homme , quoique je sois certaine que lui seul est coupable. (*haut.*) Mon cher David ; je suis fâchée....

DAVID.

Pourquoi donc , Madame ?

LADY MARIE.

Oui , vraiment ; je suis très fâchée de ce qui m'est
arrivé....

DAVID.

Ah ! Madame ; cela arrive à tout le monde.

LADY MARIE.

Je suis désespérée d'avoir perdu.....

DAVID.

La raison !.... Ah ! Madame ; il n'y paroît presque
pas. Quant à moi, je m'en serois à peine apperçu, si
l'on ne m'en avoit pas averti ; d'ailleurs , cela ne regarde
que vous ; et dans le cas contraire même, vous êtes si
bonne (*regardant son argent*) , qu'on ne pourroit pas
vous en vouloir.

LADY MARIE.

Que voulez-vous dire? Allons, mon ami, point de détours. Répondez-moi juste : Savez-vous ce qu'est devenu mon schall ?

DAVID.

Ah! ah! ah! Votre quoi, Madame? Votre schall! Ah! ah! ah! Elle appelle cela un schall! Comme vous aurez mal à la tête demain matin!

LADY MARIE.

Comment donc !

DAVID.

Je ne voudrois pas, pour cinq guinées, être aussi malade que vous le serez demain matin !

LADY MARIE.

Ce coquin se moque de moi, je crois. Fanny?

FANNY *entre.*

Madame.

LADY MARIE.

Faites appeler l'officier du quartier : je vais faire arrêter ce fripon.

DAVID, *riant de pitié.*

Me faire arrêter ! Madame, croyez-moi.... Couchez-vous seulement une heure. Vous ne pouvez concevoir comme cela vous rafraîchira! Ça vous dissipera tout cela (*portant sa main à sa tête*). Vous serez une toute autre femme.

LADY MARIE.

Que voulez-vous dire ? Malheureux !

DAVID.

C'est tout comme ma femme.

LADY MARIE,

Parleras-tu ?

DAVID.

Je sais, par expérience, qu'un somme fait tout le bien du monde, sur-tout quand le vin rend de mauvaise humeur.

LADY MARIE.

Cet homme est fou !

DAVID.

Si vous ne voulez pas vous coucher, prenez seulement un bowl de thé ou d'eau de fleurs de camomille.... et....

SCÈNE IX.

Les précédents, MISS CLARA.

LADY MARIE.

Cet homme est fou. A-t-on jamais entendu parler d'une pareille insulte ? Fanny ! Fanny ! Qu'on appelle du monde, qu'on s'empare de ce fripon..... Puisqu'il a provoqué ma colère, je serai vengée.

DAVID.

Comme elle ressemble à ma pauvre femme ! Comme elle aura mal à la tête demain matin ! (*il sort avec Fanny.*)

SCÈNE X.

LADY MARIE, MISS CLARA, M. VALSLEY.

M. VALSLEY.

L'affaire est faite. Le voleur est pris. Et qui pensez-vous que ce soit.... C'est la personne du monde.... Je ne voudrois pas, pour cinquante fois la valeur de l'objet, que ce fût une autre. Je l'ai surprise entrant au spectacle, avec le schall sur les épaules. Je l'ai menacée de faire une esclandre ; elle a préféré monter en voiture avec moi; c'est à vous de la confondre ; tenez, la voici.

SCÈNE XI.

Les précédents, LADY LAVAL, UN OFFICIER DE POLICE.

M. VALSLEY.

Vous voyez qu'elle l'a encore sur elle.

LADY LAVAL.

Est-il rien de plus insultant que de pareils soupçons ! Ne vous ai-je pas répété, Monsieur, que ce schall m'a été donné par le lord Sidney; votre neveu ?

M. VALSLEY.

Je n'en crois rien.

LADY LAVAL.

Cela n'est pas supportable. Monsieur, vous savez qu'il est à moi. C'est un tour pour m'humilier, et vous venger de ce que j'ai découvert ce matin.

M. VALSLEY.

Oui, vous en étiez fort aise ; et la soirée est à peine arrivée, qu'à mon tour j'ai découvert quelque chose qui me plaît beaucoup plus.

LADY LAVAL.

Mes gens sont déjà, sans doute, chez lord Sidney. Instruit de votre procédé outrageant, Monsieur, il saura me justifier, et vous faire repentir....

M. VALSLEY.

Je n'ai pas besoin de lui pour savoir la conduite que je dois tenir. Tout n'est-il pas assez clair ?

SCÈNE XII.

Les précédents, LORD SIDNEY.

LORD SIDNEY.

Qu'y a-t-il donc, mon cher oncle? Et vous, lady Laval! puis-je croire ce que l'on vient de me dire? On ose vous accuser, Madame?

M. VALSLEY.

Je prends ma revanche de ce matin; et j'ai beau jeu, j'espère!

LORD SIDNEY.

Quoique vous soyez mon oncle, Monsieur, je ne puis souffrir que vous insultiez ainsi une dame avec laquelle j'ai l'honneur d'être lié. C'est moi qui ai fait cadeau de ce schall à Madame; et c'est miss Clara, à qui je l'avois donné, qui, par délicatesse, me l'a renvoyé ce matin.

LADY MARIE, *à Clara.*

Vous avez reçu mon schall de Mylord! Ce cadeau, vous le lui avez renvoyé! Que signifie cette énigme?

MISS CLARA.

C'est trop souffrir. Oui, c'est moi qui le lui avois envoyé.

M. VALSLEY.

Et pourquoi diable avouez-vous, Mademoiselle? Vous ne savez pas le tort que vous me faites en me privant du plaisir de trouver Madame coupable.

MISS CLARA.

Ma légéreté mérite d'être punie.

LADY MARIE.

Oui, puisque vous m'avez privée de mon époux.

M. VALSLEY.

Moi, comme c'est à vous que je dois le bonheur de voir mon mariage rompu, je ne veux pas que cette affaire ait des suites.

MISS CLARA.

Ecoutez-moi : Abandonnée par Mylord, j'ai employé cette ruse dans l'espoir que je le forcerois à renouer avec moi ; et cet événement me prouve, qu'à mon âge, la plus légère inconséquence est toujours suivie d'un long repentir.

LADY LAVAL.

Voilà votre schall, Monsieur ; et j'espère que vous me ferez réparation pour l'outrage sanglant que j'ai reçu.

M. VALSLEY.

C'est juste. On vous la fera, Madame, on vous la fera.

LADY LAVAL.

J'y compte, Monsieur, j'y compte. Quant à vous, Mylord, cette aventure me fait voir qu'il est trop difficile de conserver votre cœur.

LORD SIDNEY.

Ne me condamnez pas sans m'entendre. Je fus coupable envers l'aimable Clara, et je veux, en lui demandant sa main, réparer tous mes torts.

M. VALSLEY.

Quant à moi, je ne me marie pas ; mais si lady

Marie perd l'époux, le schall au moins lui reste, et nous éprouvons tous qu'il ne faut jamais juger sur les apparences.

FIN.